Adolf Wilbrandt

Johann Ohlerich: Lustspiel in einem Aufzug

Adolf Wilbrandt

Johann Ohlerich: Lustspiel in einem Aufzug

ISBN/EAN: 9783742897824

Hergestellt in Europa, USA, Kanada, Australien, Japan

Cover: Foto ©Andreas Hilbeck / pixelio.de

Manufactured and distributed by brebook publishing software (www.brebook.com)

Adolf Wilbrandt

Johann Ohlerich: Lustspiel in einem Aufzug

Johann Ohlerich.

Lustspiel in einem Aufzug

von

Adolf Wilbrandt.

Bühnen-Manuskript.

Berlin.
Gedruckt bei Julius Sittenfeld.
1884.

Personen.

Johann Ohlerich.
Ließbeth, seine Frau.
Julius.
Schiffer Albrecht.
Peter Jungmann, Wirth.
Schiffsmaat.
Erster ⎫
Zweiter ⎭ Matrose.
Alter Mann.
Mädchen.

Ein Kellner. Ein Dienstmädchen. Ein Matrose.

Die Handlung spielt in der Gegenwart, im Hafenort Warnemünde.

Ein Haus- und Küchengarten; hinten durch ein Geländer abgeschlossen, hinter dem man Sanddünen und Meer sieht. Links,*) rückwärts, tritt ein kleiner schuppenartiger Bau in den Garten vor. Nahe daran ein dichtes Gebüsch. Obstbäume hier und da; ein Apfelbaum steht fast in der Mitte, etwas mehr nach rechts; ein Tisch und ein Paar hölzerne Stühle vor ihm.

Erster Auftritt.

Liesbeth (sitzt auf einem Stuhl, der an den Apfelbaum gelehnt ist; hat eine irdene Schüssel mit Bohnen auf dem Schooß und eine kleine Photographie in der Hand). Schiffer **Albrecht** (kommt, bald nachdem der Vorhang aufgegangen ist, von links).

Liesbeth (betrachtet eine Weile die Photographie). Darin kann ich dem Herrn Julius nich Unrecht geben: ich bin doch eigentlich noch immer eine ganz nette Frau!

Schiffer **Albrecht** (kommt leise, ohne daß sie es merkt; legt ihr eine Hand auf die Schulter; pfiffig lächelnd). Guten Tag, Madam Ohlerich! Wen bekucken Sie denn da so eifrig?

Liesbeth (war leicht zusammengefahren). Das is der Schiffer Albrecht. Ich dachte — —

Albrecht. Wen dachten Sie daß ich wäre?

Liesbeth. O, ich mein' man.

Albrecht. Sie haben da wol eine sehr interessante Photographie —

Liesbeth. Und Sie sind wol sehr neugierig, Schiffer Albrecht. — Das is höchstens meine eigene Photographie; also nich interessant. (Läßt ihn das Bild sehen, über ihre Schulter.)

Albrecht (galant). Oh, im Gegentheil, Madam Ohlerich. (Wie enttäuscht.) Also Ihre eigene! — — Na, das is egal. Ich war (hinter sich nach links deutend) zu Ihrer Mutter gegangen, wollt' mal 'n bischen wahrschauen; da sagt sie mir,

---

*) Rechts und links vom Schauspieler aus.

Sie sind hier bei ihr im Garten. Und da wollt' ich mal fragen, ob Johann Ohlerich kommt?

Liesbeth (hat die Photographie in die Tasche gesteckt und wieder angefangen, die Bohnen abzuziehen; unterbricht sich darin). Mein Mann? Jetzt im Herbst?

Albrecht. Je, das wär' ja auch merkwürdig; aber sie sagen ja, er is unterwegs. An unsern Lootsenkommandeur haben sie geschrieben, daß der Steuermann Johann Ohlerich auf der hamburgischen Bark „Penelope" von Buenos Aires in London angekommen ist, und daß er von da mit Kohlen nach Hamburg geht. Na, und von Hamburg könnt' er wol mal herüberspritzen —

Liesbeth. Ja, das könnt' er wol. Schön wär's! — Aber ich weiß kein Wort von der ganzen Sache. Geschrieben hat er mir's nich.

Albrecht. Hat er nich? Dann is das Ganze wol man eine Dämelei von dem Briefsteller. — Na, das is auch egal; dann kommt er später, im Winter, wie gewöhnlich.

Liesbeth. Nehmen Sie doch Platz.

Albrecht. Bin so frei. (Setzt sich. Mit einem Hintergedanken.) Na, das mag ja für ihn auch wol besser sein...

Liesbeth. Wieso? Woans besser?

Albrecht (letzt sich auf seine Hände, wiegt sich, von Zeit zu Zeit, langsam vorwärts und rückwärts. Blickt Liesbeth an, dann auf seine Füße). Ja, so'n verheirath'ter Schiffer! Ganze Jahre auf See, und die Frau zu Hause... Ich könnt's nich!

Liesbeth. Warum nich?

Albrecht. Das will ich Ihnen sagen, Madam Ohlerich. Ich würd's ebenso machen wie Ihr Mann: eifersüchtig werden; — und die Eifersucht — da hab' ich 'nen Grugel vor. — Ne, so is's besser!

Liesbeth. Eifersucht! Du lieber Gott! Da hätten doch wol wir Frauensleute noch **mehr** Grund dazu. Wenn mein Steuermann so in der ganzen Welt herumfährt, bei den Spanierinnen und Chinesinnen und Amerikanerinnen — — Aber das is nichts als 'ne böse Sucht, diese alte Eifersucht; und die müssen wir uns austreiben. Und ich hab' gleich am Hochzeitstag damit angefangen: als mein lieber Mann mir aus dämeliger Eifersucht was verbieten wollte —

Albrecht (lächelnd). Da setzten Sie sich auf die Hinterfüße — ja, ich hab' davon gehört! — Er wollt' Ihnen ja wol verbieten, mit Karl Hinrichs zu tanzen —

Liesbeth. Freilich wollt' er das. Weil er so viel Punsch getrunken hatte, und weil ich am Nachmittag vor dem Altar „Ja" gesagt hatte, so kommt er nu und zieht mich bei Seite: „Das leid' ich nich," sagt er, „Karl Hinrichs hat Dich seit Jahr und Tag immer so sonderbar angekuckt, mit dem sollst Du nich tanzen!" — Das wär' schnurrig! sag' ich. Karl Hinrichs is mein guter Freund, und in allen Ehren, und als rechtschaffene Frau lass' ich mir die Schand' nich anthun und mir so was verbieten, an meinem Ehrentag! — Und damit lass' ich ihn stehn und geh' von ihm fort. Na, wie dies wol muß! denk' ich. Den willst Du bei Zeiten kuriren, eh Dir die böse Sucht in ihm über den Kopf wächst! — Und ich geh' zu Karl Hinrichs, und wir tanzen „Zweitritt"; und wir tanzen immer wieder, wol die halbe Nacht. Und mein Johann Ohlerich sagt nichts und kuckt und kuckt. Ja kuck' Du man, denk' ich; von meinetwegen kannst Du so kucken bis an den hellichen Tag — wenn Du man gesund wirst! — Denn ich hatt' ihn ja gern, Schiffer Albrecht — wenn auch noch lang', lang' nich so gern wie jetzt; und ich bin ja 'ne gute Frau (er nickt); aber Vernunft muß sein, und von der Unvernunft lass' ich mich nich regieren. Ja, und so ging unser Hochzeitstag zu Ende. Als wir dann zu Hause gingen, da faßte er mich ganz sachting um und sagte kein Wort; — na, und da hatt' ich ihn!

Albrecht (lächelt behaglich, anerkennend). Das war ein schnak'sches Stück. — — Aber so ganz kurirt haben Sie ihn ja doch nich ... (Sie sieht ihn an, zuckt die Achseln und seufzt.) Na, das is auch keine Kleinigkeit. Denn erstens sind Sie eine sehr hübsche und pläsirliche Frau. und sehen immer so adrett und so propper aus; und dann — — (Stockt.)

Liesbeth. Na, was dann?

Albrecht. Na, in Folge dessen wird Ihnen natürlich — (sucht das Wort) wie die Stadtleute sagen — auch die Cour gemacht —

Liesbeth (sieht ihn groß an). Sie wollen doch wol nich sagen, daß ich was Unrechtes thue?

Albrecht. Gott bewahre! — Ich mein' man ...
(mit einem Anlauf) Sehen Sie, zum Beispiel: die Herrschaften aus Rostock, die hier bei Ihrer Mutter nu schon so viele Jahre jeden Sommer wohnen —

Liesbeth. Nu ja, weil sie Badegäste sind —

Albrecht. Sehen Sie, die Eltern, die sind ja allerdings alte Leute; aber was der Junge ist — sehen Sie, der Sohn, der Herr Julius — der mag Sie höllisch gern leiden —

Liesbeth. Das is ja noch ein Kind!

Albrecht. Na, das Kind ist nu doch nachgrade so ziemlich ausgewachsen; hat schon einen kleinen Schnurrbart — und große Rosinen im Sack. Und Sie nennen ihn ja wol noch immer „Julius" —

Liesbeth (zuerst erröthend, dann ärgerlich). Ja, das thu' ich. Denn ich nenn' ihn nu schon viele Sommer so; und er nennt mich „Liesbeth". An demselbigen Tag, wo er Doktor wird, nenn' ich ihn „Doktor"; so lange noch „Julius!"

Albrecht. Na, das is ja auch egal. Ich mein' man ... 'n stattlichen, schieren Kerl is es; und er hat offenbar 'ne zärtliche Natur; — und ich könnt's Johann Ohlerich nich verdenken, wenn's ihm lieber wäre, daß der Herr Julius auf der Atlantik herumführe, und Er säß' in Warnemünde bei seiner lieben Frau!

Liesbeth (herzlich lächelnd). Na, das wär' mir schon recht; — aber mit der Eifersucht soll er mir nich kommen. Ich hab's ihm selber geschrieben, daß der Herr Julius wieder da ist — (spitzbübisch heiter) und sich ein Herz angeschafft hat —

Albrecht. Na, da freut sich ihr Mann wol nach der Möglichkeit! — — Aha! Ich hör' ihn!

Liesbeth (springt vor Freude auf). Wen? Meinen Mann?

Albrecht. Nein, den Andern, den Herrn Julius.

Julius (singt hinter der Scene, sich allmählich nähernd, nach bekannter Melodie):

An allen meinen Leiden
Ist nur die Liebe — —

(geht — wie in einem alten Quodlibet — auf ein anderes Lied mit anderer Melodie über:)

Schultenmutter is kugelrund,
    Kugelrund;
Schultenmutter weggt dusend Pund,
    Dusend Pund...
        (wieder überspringend)
He! Dor sitt'n Brümmer an de Wand —

Zweiter Auftritt.
Die Vorigen. Julius.

Julius (ist während der letzten Verse von links auf die Bühne gekommen, einen Strohhut auf dem Kopf, die Weste geöffnet, ein Schachbrett in der Hand. Bricht ab, als er die Beiden sieht). Ah, Schiffer Albrecht. Guten Tag. Wir kennen uns ja wol von Peter Jungmann her.

Albrecht. O ja; da haben wir einmal zusammen steifen Grog getrunken; als Sie auf Schlittschuhen von Rostock nach Warnemünde kamen. — Ja, der Grog war gut.

Julius. Guten Tag, Liesbeth. Ich höre, Sie sind schon lange hier im Garten, und ich weiß es nicht!

Liesbeth (unbefangen neckend). Das wundert mich: Sie sind so'n alt kluges Küken, Julius, und wissen Alles.

Julius. Spotten Sie nur. Ich komme in einer großmüthigen Absicht; Sie wissen doch, daß heut Abend Stromfahrt ist —

Albrecht. Was? Noch so spät im September? — Es sind doch nich mehr viele Badegäste hier —

Julius. Nein; aber die hier sind, die sind sehr unternehmend. Große Stromfahrt mit Musik, Lampions, Feuerwerk, bengalischer Beleuchtung! Das Wetter ist göttlich; mit der Nacht kommt der Mondschein —

Albrecht. Und wahrscheinlich auch Nebel.

Julius. So? Der thut uns nichts. Dann wird sich der alte Nebel freuen, wenn wir ihn bengalisch beleuchten. — Liesbeth! was denken Sie? Wollen Sie mit uns stromfahren?

Liesbeth (sieht unwillkürlich den Schiffer an; dieser lächelt stumm, aber bedeutsam. Liesbeth für sich). Wie tück'sch dieser

Albrecht lächelt! (Laut, etwas verlegen.) Warum sollt ich nich; das is mir ja 'ne Ehre. — Sie meinen doch, mit Ihrer Familie —

Julius. Ja. — Möglichst lange!

Albrecht (hustet). Na, viel Vergnügen! Adje!

Liesbeth. Guten Abend. (Setzt sich wieder.) Liegen Sie noch lange still?

Albrecht. Ne; morgen früh fahr' ich mit meiner Jacht wieder nach Kiel — wenn der Wind so bleibt.

Julius. Gute Fahrt, Schiffer Albrecht.

Albrecht. Danke. (Grüßt. Für sich, im Gehen.) 's is 'n schieren Kerl; da is nichts zu sagen. — Ich bin doch heil froh, daß ich keine Schifferfrau hab'. (Den Kopf schüttelnd.) Ich hätt' nich die Natur dazu! (Links ab.)

Liesbeth (Julius betrachtend, der sich ihr gegenüber gesetzt hat und aus dem Schachbrett die Figuren auspackt). Was wollen Sie mit dem Schachbrett, Julius?

Julius. Ich will Sie ja bilden, Liesbeth. Sehen Sie, das müssen Sie lernen; das ist das feinste Spiel, das es auf Gottes Erdboden giebt. Sehen Sie mal her: das ist die Königin ... (Stellt sie auf das Brett; blickt Liesbeth mit noch zurückhaltender Zärtlichkeit an.) Wissen Sie, Liesbeth, daß ich heut' Morgen, als ich im Dünensand lag, Verse auf Sie gemacht habe?

Liesbeth. So? — Lassen Sie das man sein. Das is dummes Zeug.

Julius. Merkwürdig, wie respektlos Sie noch immer mit mir umgehen! — Sie haben vielleicht nicht bemerkt, daß ich seit Anno dazumal, als wir beide Nachts im Strom Krabben fingen, älter geworden bin ... Oh! Unser Krabbenfang! Das war 'ne göttliche Zeit! Damals hießen Sie noch Liesbeth Plath — und ich war vierzehn Jahre alt — und mein Herz erwachte. (Nimmt ihre Hand.)

Liesbeth (für sich). Nu kuck den Racker! Er nimmt sich all wieder meine Hand. (Zieht sie ihm weg.) Sie wollten mir ja das Schachspiel erklären.

Julius. Ja, das will ich auch. Sehen Sie mal her! (Er stellt die verschiedenen Figuren auf, erklärt sie, läßt sie ziehn. Liesbeth, die Arme auf ihre Schüssel legend, sieht und hört ihm zu.)

Dritter Auftritt.

Liesbeth. Julius. Johann Ohlerich.

Ohlerich (kommt unterdessen leise von hinten rechts; bleibt dort stehn. Für sich). Wahrhaftig! Da sitzt sie mit ihm. So hab' ich's geträumt. — Herr Du meines Lebens! Sie kuckt ihn so närrisch an; — wenn ich nur mal zuhören könnt', was diese beiden Menschenkinder mit einander reden! (Tritt hinter das dichte Gebüsch.)

Julius. Das sind nun die Bauern —

Liesbeth (lacht). Ach Gott, wozu machen Sie sich die Müh'! Ich bin ja doch viel zu dumm dazu.

Julius. Sie? — Ich wollt', meine Schwestern wären so klug wie Sie! — Sie wollen nur nicht Acht geben; da, sehen Sie her. So ziehn die Bauern; und so springt der Springer über sie weg.

Liesbeth. Lassen Sie ihn man springen! — Sie sind grad' so ein Springinsfeld wie er, wollen auch über Alles wegsetzen . . .

Ohlerich (für sich). So! Will er das?

Liesbeth. Wozu müssen Sie 'ne alte Frau wie mich noch Schachspielen lehren! — Lassen Sie mich an die Arbeit, Julius!

Julius. Damit eilt es nicht; aber es wird Zeit, daß ich was für Ihre Bildung thue. (Sieht ihr, erregt lächelnd, in die Augen.) Ich bin ja doch so 'ne Art Bruder von Ihnen, Liesbeth . . .

Ohlerich (für sich). Meinen Sie!

Julius. Und es könnte Ihnen nichts schaden, wenn Sie Ihren hübschen Kopf ein Bischen anstrengen wollten; dann könnten Sie nachher an den langen Winterabenden mit Ihrem Johann Ohlerich Schach spielen.

Liesbeth. Ach Gott, mein Johann Ohlerich! Der spielt blos armen Schäfer, oder schwarzen Peter —

Julius (schiebt seinen Hut von der Stirn zurück; blickt sie vorwurfsvoll an). Warum haben Sie ihn eigentlich geheirathet, Liesbeth?

Ohlerich (für sich). Oho! Was is das? (Macht eine Bewegung, wie um hervorzutreten; hält dann wieder an sich.)

Liesbeth (verblüfft). Warum?

Julius. Liesbeth! Warum haben Sie nicht noch ein wenig gewartet — auf die paar Jahre kam's ja doch nicht an. Sie hätten noch keinen Jungen, das ist wahr; aber es wär' ja noch Zeit genug. Ich würd' Sie heirathen, Liesbeth.

Liesbeth (steht auf; stellt die Schüssel auf ihren Stuhl. Besinnt sich einen Augenblick; dann, mit einem schalkhaft ernsten, trocknen Gesicht). Ih, was Sie sagen. Das hab' ich gar nich mal gedacht, daß es Ihnen so ernst wär'! Dann hätt' ich natürlich gewartet, und wir könnten nu mit einander auf die hohe Schul' gehn und Collegi hören — oder wie das Ding heißt. Je, das is nu vorbei! Ich hab' meinen Jungen, und meinen Mann dazu, und die Leut' in Warnemünde sagen ja alle, ich wär' 'ne Steuermannsfrau.

Julius (mit tragischem Humor). Ich hätt' Sie was lernen lassen und 'ne Frau Doktorin aus Ihnen gemacht! Sie sind ja viel zu gescheidt für 'ne Steuermannsfrau. Und das Leben hier! Wenn Sie beim Sandholen so lange im Wasser herumwaten, so kriegen Sie Zahnweh, wie neulich; Sie sind zu zart, Liesbeth. Mit dem Ballasttragen verderben Sie sich Ihre schöne Figur; von dem fürchterlichen Rudern werden Ihre Arme zu muskulös —

Liesbeth (ihre rechte Hand hebend, als schwenke sie den Pantoffel). Und die Hand fest! Nehmen Sie sich in Acht, wenn Sie so weiterreden —

Julius. Ich will es Ihnen wissenschaftlich beweisen, daß Sie für dies Leben hier zu gut sind! — Sie haben Gefühle, Liesbeth. Sie haben zuweilen lyrische Gefühle —

Ohlerich (für sich, kaum mehr an sich haltend). Was Teufel!

Liesbeth. Was für Dinger? (Tritt, etwas verwirrt, von Julius hinweg. Für sich.) Er wird mir zu dreist. — Und der verfluchte Bengel sieht doch auch gar zu hübsch aus ... (Laut.) Mein Mutting ruft ja wol. Sie hat meinen kleinen Jungen bei sich in der Küch' —

Julius (ist aufgestanden). Nein, nein! Warum wollen Sie fort?

Liesbeth. Warum? — Sie haben man 'nen schwachen

Schnurrbart, Julius, aber sehr starke Ausdrücke. (Sucht noch wieder zu lächeln.) Das stimmt nich zusammen —

Julius. Ach, geh'n Sie nicht so fort! — Sie hatten mir Ihre Photographie versprochen — .

Liesbeth (greift in ihre Tasche). Hier hab' ich auch eine, — aber nich für Sie.

Julius. Warum nicht für mich?

Liesbeth. Weil Sie nich artig sind. Sie reden so viel dummes Zeug, Julius; das müssen Sie nich mehr thun. Ich will Ihnen mal was sagen: Sie sind entweder schon zu alt oder noch zu jung dazu. Wollen Sie mir das glauben?

Julius (einen Augenblick durch ihren Ernst betroffen; dann leichtsinnig lächelnd). Ich will Ihnen das glauben; aber nun sein Sie auch artig und geben Sie mir die Photographie.

Liesbeth. Heut nich! Ueber's Jahr! (Hält die Photographie spielend in der Luft, tritt zurück.)

Julius (ihr nach). Nein, Liesbeth; noch heut!

Liesbeth. Zurück! Lassen Sie mich gehn!

Julius. Ich gehe in's Wasser, wenn ich sie nicht heut — — (Greift danach. Sie weicht nach hinten zurück, stößt mit dem Rücken gegen den hervorgetretenen Ohlerich. Wendet sich; stößt einen Schrei aus.)

Liesbeth. Himmlischer Vater! Mein Mann!

Ohlerich (mit grimmigem Humor): Nu ja! Was is da weiter zu schreien: ich wollt' man mal wieder guten Tag sagen, und 'n bischen nach dem Rechten sehn. Guten Tag auch, Herr Julius! (Auf Julius und auf die Photographie blickend.) Hier werden ja sehr hübsche Spiele gespielt; da kann ich freilich nich mitmachen: ich hab' ja man blos schwarzen Peter und armen Schäfer gelernt! — Warum wirst Du denn roth, Liesbeth? Was is dabei roth zu werden, wenn Dein Mann, Johann Ohlerich, zu Hauſ' kommt? Die Leut' in Warnemünde sagen ja alle, Du wärst meine Frau; na, so werd' ich Dich doch auch mal besuchen dürfen?

Liesbeth. Ohlerich! Du hast hier gestanden und gehorcht, wie 'n Spion! wie die Polizei!

Ohlerich. Es kommt mir selber so vor; wenigstens hab' ich Allerlei gehört, das ich vordem nich gewußt hab'. Wenn wir's richtig theilen, dann krieg' ich den Jungen und

Du den Herrn Julius; dann wär' Allens in Ordnung! — —
Gott verdamm' mich! Hätt' ich mich nich in Hamburg so
stantepeh auf die Eisenbahn gesetzt, so hätt' ich diese ganze
schöne Buschpredigt verpaßt und wär' noch der dumme Johann
Ohlerich von gestern: so'n dummer Kerl, der sich 'ne feine
Frau nimmt, die viel zu gut für ihn is! — Nu, was stehst
Du da; sag's doch gleich heraus! Wenn Du Dir jetzt die
Sach' anders überlegt hast, dann kann ich ja wieder gehn;
kann mich noch für das freundliche Wiedersehen bedanken, und
mir 'ne Andere aussuchen! So bin ich ja nich, daß ich mich
aufdräng' —

Liesbeth. Plagt er Dich? — Du sprichst ja lauter
unkluges, unsinniges Zeug! — Ohlerich! Is das die Art,
wie man seine Frau wiedersieht? Und Du schämst Dich nich,
da hinter dem Busch zu stecken, als wär' ich ein schlechtes
Weib, dem man bei Tag und bei Nacht auflauern muß?
Wozu hast Du mich denn geheirathet, wenn Du mir nich
traust?

Ohlerich (etwas verdutzt). Wozu ich — — (mit ausbrechender Wuth) Wozu ich Dich geheirathet hab'? Wozu ich
Dich geheirathet hab'? Damit ich 'ne ordentliche, brave Frau
im Haus' hätt', die mir meinen Jungen aufzieht, statt mit so
jungen Herren Bruder und Schwester zu spielen! Blitz und
Hagelschlag! Und statt so vornehm zu thun und sich 'ne
geschlagene halbe Stund' lang vorreden zu lassen, das sie für
'nen Warnemünder Steuermann zu gut is — und das ruhig
mit anzuhören, wenn man ihr Heiratsanträge macht — —
Herr du meines Lebens! (Reißt sich die Jacke auf; spuckt aus,
wie um sich Luft zu machen.) Dazu komm' ich nach Haus! und
fahr' Tag und Nacht! Und steh' hier nu wie ein Narr!
wie ein — wie ein — — (Kann das Wort nicht finden. Wirst
seinen Hut auf die Erde.) Goddam!

Liesbeth (hat sich mehrmals nach dem Herzen gegriffen; athmet
schwer; rafft sich wieder zusammen). Du sagst selbst, wie Du hier
stehst! — Du weißt nich mehr, was Du thust; komm' erst
wieder zu Dir! — Wenn Du da hinter dem Busch Deine
Ohren aufgemacht hast, dann weißt Du auch, daß hier nichts
Unrechtes geschehn is; daß ich mit keinem Wort — — Aber
das fällt mir nich ein, daß ich für mich red'. Gott soll mich

bewahren! Kein Wort sag' ich mehr, bis Du das wieder
gutgemacht hast, daß Du — daß Du von Amerika nach
Warnemünde fährst, um mich in meinen Vater seinem Garten
wie ein niederträchtiges Weibsbild zu behorchen! Laß mich
ausreden, fall mir nich in die Red'. Von Deiner Eifersucht
hab' ich nu genug. All damals auf der Hochzeit hätt'st Du
es merken können, daß mir das nich zu Paß is, daß ich mir
heilig vorgenommen hatte, Dir das abzugewöhnen. Aber Du
hast 's nich gelassen. Du fährst mich hier an, vor dem Herrn
Julius, wie 'ne schlechte Person. Mißhandeln laß' ich mich
nich. Entweder Du machst das alles wieder gut, und nimmst
mir die Schand' wieder ab — oder Unglück, geh' Deinen
Gang!

Ohlerich (sieht ihr eine Weile stumm in die Augen; sie erwidert
seinen Blick trotzig und fest. Er beißt sich auf die Lippe; sieht Julius,
der möglichst bewegungslos und fast abgewandt dasteht, von der Seite
an. Murmelnd). Das fehlte mir noch! Vor dem jungen
Herrn da —

Liesbeth (ohne Julius anzusehen). Vor wem denn sonst?
Vor ihm hast Du mir das angethan — vor ihm sollst Du's
wieder gut machen.

Ohlerich (plötzlich wild). Himmel Sakrament! Ich will's
nich! Ich thu's nich! Ich bin der Herr, und nich Du!
Zwischen meinen eignen vier Wänden wollen wir weiterreden;
komm zu Haus, Liesbeth! wo Du hingehörst!

Liesbeth. Hast Du mir weiter nichts zu sagen?

Ohlerich. Ne! Weiter nichts! — Weiter nichts, als
daß ich wieder da bin, und daß wir zu Hause gehn!

Liesbeth. Du vielleicht; ich nich. Ich bleib' hier, bis
Du zur Vernunft kommst, und ich zu meinem Recht.

Ohlerich. Liesbeth, Du gehst mit mir! (Sie schüttelt
den Kopf.) Liesbeth, es giebt 'n Unglück! Es geht nich gut,
Liesbeth! Es geht nich gut! (Sie sieht in die Luft, ohne zu ant-
worten; aber ihre Lippen und ihre Hände zittern. Ohlerich nach einer
Weile) Nu, dann geht's, wie's muß. (Hebt seinen Hut wieder auf.)
Wie's muß, und wie's will! (Geht, mit großen Schritten, links ab.)

Liesbeth (sieht ihm nach einer Pause, schwer athmend, über
die Schulter nach. Endlich, tief beklommen). Gott im Himmels=
strom! Das is 'n schlimmes Wiedersehen — nach so langer

Zeit. — — Ich hab' ja doch auch wol Schuld. — — Ich will ihm ganz sachting nachgehn; er is wol noch bei Mutting und bei unserm Jungen in der Küch' ... (Geht zuerst langsam, dann rasch links ab.)

Julius (wendet sich langsam, zögernd). Sie sind beide fort. — — Um mich kümmert sich Niemand. — — Merkwürdig, (bekommen) daß ich da auf einmal so ein eheliches Unglück angerichtet habe — (mit gekränktem Stolz) und daß sich um mich Niemand bekümmert hat. Dieser Johann Ohlerich hat kein Wort zu mir gesprochen... (Knöpft sich die Weste zu.) Ich kann gar nicht sagen, wie beleidigend das ist. — — Und dann doch zu fühlen, daß nur ich die Schuld hab'; daß ich diese Frau — — (sich wieder aufrichtend) 'ne famose Frau! Wie sie ihn niederblitzte; wie sie gegen diesen Seehund von einem Tyrannen ihren Frauenstolz vertheidigte ... So 'ne Steuermannsfrau giebt's nicht mehr auf der Welt! (Horcht.) Sie sind wol noch auf dem Hof. - Es geht mir gegen die Ehre, hier länger im Küchengarten zu stehen wie 'ne Vogelscheuche; (rückt sich den Hut) ich will fort. — Aber über den Hof geh' ich nicht zurück. Das ist mir zu genirlich. Herr Gott in der Höhe, was für 'ne Rolle hab' ich hier gespielt! — — Ich geh' auf die Wiese hinaus. (Geht nach rechts ab.)

Liesbeth (hinter der Scene links). Julius! Sind Sie noch da?

Julius (hinter der Scene rechts). Ja! Ich bin noch da.

Liesbeth (kommt zurück; blaß, verstört. Für sich). Nicht einen Augenblick hat er auf mich gewartet. Nach Rostock fährt er, hat er zu meinem Mutting gesagt. Eben angekommen, und gleich fort nach Rostock; die Schand' thut er mir an!

Julius (ist zurückgekommen; unsicher). Sie wollten etwas, Liesbeth?

Liesbeth (in scheinbarer, trotziger Ruhe). Ja. Ich wollt' Ihnen man sagen — — Johann Ohlerich hat Geschäfte, und er is nach Rostock. Also was Sie von der Stromfahrt gesagt haben — dabei bleibt es also.

Julius (überrascht). Sie fahren mit?

Liesbeth (trotzig). Ich fahr' mit! (Nimmt die Schüssel mit den Bohnen.) So lang', wie Sie wollen. Wenn Sie mich abholen — ich bin in meinem Haus. Ich wart' auf Sie. Adje! (Geht wieder ab.)

Julius. Ich komme gewiß! (Sieht ihr zuerst verwundert nach, dann triumphirend umher.) Das ist ja — — Oho! — Johann Ohlerich, nehmen Sie sich in Acht! (Sein Schachbrett wieder zusammenpackend.) Ich hatte mir vorgenommen, es wieder gut zu machen; meine Absichten waren edel und unsträflich; aber wenn Sie diese Frau so mißhandeln — und im Stiche lassen — dann bin ich wieder da; dann nehm' ich mich ihrer an! — Heut' Abend werden Sie's sehen; Wütherich! Tyrann! — — Jetzt geh' ich nicht über die Wiese; jetzt geh' ich über den Hof! (Links ab.)

(Offene) **Verwandlung.**

Straße in Warnemünde, am Strom. Das Proscenium stellt die Straße vor; der Strom ist im Orchester und im Parquet gedacht. Im Hintergrunde, links, schräg gegen die Bühne, steht Johann Ohlerich's Haus, klein, mit einem Giebel über dem Erdgeschoß; unten zwei Fenster (mit Blumen), dazwischen die Thür. Neben der Thür eine Bank. Im Winkel gegen Ohlerich's Haus (so daß die Straße sich biegt) steht rechts ein anderes Haus, ein Wirthshaus, das in einem, dem Zuschauer zugewendeten Vorbau endigt, den nach links zu eine Glaswand abschließt, und in dem aus dem Hause eine breite Thür führt. — Es wird langsam Nacht.

Vierter Auftritt.

Ein **Kellner** und ein **Dienstmädchen** (tragen aus dem Hause rechts Tische und Stühle in den Vorbau, gehen dann wieder ins Haus ab). Zwei **Matrosen** (tragen auf den Schultern Kisten und Fässer, von links, lagern sie vorne links ab, gehen dann zurück: zugleich mit ihnen kommt von links Schiffer **Albrecht** mit seinem **Schiffsmaat**. Dann **Peter Jungmann**, der Wirth; dann ein **Kellner**, ein **Matrose**, ein **alter Mann**, ein **Mädchen**.

Albrecht. Ich denk' doch, wir sollten noch einen Kleinen trinken. (Tritt rechts in den Vorbau, ruft.) Peter Jungmann!

Jungmann (kommt aus der Hausthür in den Vorbau). Guten Abend, Euer Wohlgeboren.

Albrecht. 'n Kümmel.

Schiffsmaat. Das heißt, zwei. (Setzen sich.)

Jungmann. Sollen Sie haben. (Ruft.) Gustav! drei Kümmel! (Zu den Gästen.) Das rappelt den Menschen auf.

Albrecht. Wie leer daß das hier is!

Jungmann (nach links hinaus deutend). Allens all zur Stromfahrt, mein Herzing.

Kellner (kommt aus dem Hause, mit drei kleinen Gläsern Kümmel, stellt sie vor die Gäste und den Wirth).

Albrecht. Was? Nu all?

Jungmann. Na, es wird ja dunkel. Die Herrschaften fangen zeitig an, damit's lange dauert. Sie fahren auch aus dem Strom in die See hinaus. — Wollen Sie nich hin?

Albrecht. O ja; aber erst den Kümmel. (Trinkt.)

Ein Matrose (jung. hübsch, schon sichtbar angetrunken, schwankend, kommt aus dem Wirthshause, wirft sich in der Vorhalle, im Winkel, auf einen Stuhl. Mit schwerer Zunge). Noch 'n Kümmel. (Der Kellner geht in's Haus; kommt bald mit einem Kümmel zurück.)

Albrecht. Hören Sie mal, Peter Jungmann —

Jungmann (hat seinen Kümmel getrunken). Was, mein alter Albrecht?

Albrecht. Is das wahr, daß Johann Ohlerich angekommen is?

Jungmann. Kann ich nich bestreiten.

Albrecht. Und daß er gleich wieder, auf dem Dampfer, nach Rostock gefahren is?

Jungmann. Kann ich auch nich leugnen.

Albrecht. Das is doch närrisch. — Warum das?

Jungmann (die Stimme dämpfend, geheimnißvoll). Je, das hat wol seine besondere Bewandtniß. So viel kann ich Ihnen sagen, Schiffer Albrecht: er kam heut Nachmittag an, und ging (nach rechts deutend) zu seinem Schwiegervater; und dann kam er zurück und ging (nach hinten links deutend) in sein Haus. Kam aber gleich wieder heraus, und sein alt treuherziges Gesicht sah ganz verteufelt zusammengeknetet aus, als grunst'e er sich inwendig; und ohne mich zu grüßen — was doch sonst seine Mod' nich is, daß er Einem die Zeit nicht bietet — ging er furtsen weiter, (nach vorne links deutend) zum Dampfschiff.

Albrecht (brummt). Hm!

Jungmann. Und wie ich mir so aus verschiedenen Indicien das zusammenstelle, ist er mit seiner lieben Frau nich gut zusammengekommen; und aus einer gewissen eifersüchtigen Verstimmung —

Albrecht (unterbricht ihn barsch). Sie sind wol nich gesund. — Da weiß ich nichts von —

Jungmann. Ja, wenn Sie's auch nich wissen … Warum fährt er denn sonst stantepeh nach Rostock? — — Gustav! Licht!

Albrecht. Ih, (eine Antwort suchend) er will wol blos Spaß machen.

Jungmann. Das is 'n närr'schen Spaß! — Ne, ich habe da meine besonderen Vermuthungen —

Albrecht. Bleiben Sie mir mit Ihren Vermuthungen vom Leibe. Das weiß der Kukuk! Sie wissen auch immer was.

Jungmann. Dafür bin ich Wirth. (Der Kellner bringt Licht.) Na, dann trinken Sie man noch einen.

Albrecht. Der Grund, der läßt sich hören.

Jungmann. Gustav! Drei Kümmel! (Kellner geht und bringt.)

Albrecht (wie um das Gespräch abzubrechen). Na, das is auch egal. (Steht auf, während Jungmann und der Schiffsmaat wieder trinken; für sich, bekümmert) Ne, egal is es nich. — Je, mein alter guter Johann Ohlerich! — Ich sagt' es ja. Gott sei tausendmal Dank, daß ich keine Frau hab'! (Kommt zum Tisch zurück; sieht den Matrosen an, der stumpfsinnig, wie mit offenen Augen schlafend, dasitzt. Leise.) Was glotzt denn da für ein Undiert?

Jungmann (leise). Je, das sagen Sie man noch mal: wie der glotzt und dasitzt; die Hände über seinem lieben Magen ineinandergefaltet. Der hat hier heut den ganzen Nachmittag gesessen und ges — — genippt. Is ein Matros' von der Brigg aus Räbel, die da auf der andern Seit' liegt.

Albrecht. Wie der Kerl hujahnt. (Ein junges Mädchen, ärmlich gekleidet, kommt mit einem sehr alten, weißhaarigen Mann von vorne rechts; gehen langsam am Vorbau vorüber.) Guten Abend, Riking.

Mädchen (freundlich). Guten Abend! (Gehen nach links weiter. Der Matrose, der mehrmals gegähnt hat, richtet plötzlich den Kopf auf und stiert das Mädchen begehrlich an.)

Albrecht. Jetzt kuckt er auf!

Jungmann. Ja, weil er die kleine Dirn' sieht. Die kleine Rike, (nach links deutend) die da neben Johann Ohlerich

2

wohnt. Die hat er heut all öfter schnurrig angesehn. Ja, die möcht' er wol!

Albrecht. Kuck das Rackerzeug, wie er ihr nachsieht! (Der Matrose steht auf, um dem Mädchen nachzugehen; blickt auf die andern Gäste, besinnt sich, setzt sich wieder; schließt allmählich die Augen. Der Alte und das Mädchen sind links verschwunden. Ferne Musik beginnt, hinter der Scene links.) Musik?

Jungmann. Sie fangen all an. — Die Stromfahrt. (Tritt aus dem Vorbau heraus, schaut nach links.) Da steigt ja auch all 'ne Rakete in den blauen Himmel; da unten beim Zimmerhof.

Albrecht. Na, dann wollen wir auch man 'n bischen hingehn. (Trinkt aus; legt Geld auf den Tisch. Tritt heraus.) Und Nebel giebt's heut doch noch!

Jungmann (das Geld nehmend). Kann wol sein, mein Herzing.

Albrecht. Guten Abend, Peter Jungmann.

Jungmann. Guten Abend, Schiffer Albrecht. Guten Abend, Jürß.

Schiffsmaat. Andre Woch' kommen wir wieder. (Mit Albrecht links ab.)

Jungmann. Is recht! (Nimmt den Leuchter, will abgeben; sieht, eine Weile unschlüssig, den eingeschlafenen Matrosen an.) Ih, laß den Bengel man schlafen. (Geht ins Haus, dem schon verschwundenen Kellner nach.)

Fünfter Auftritt.

Der Matrose (schlafend). **Liesbeth,** dann **Julius.** (Dunkel. Musik dauert fort.)

Liesbeth (ist schon früher langsam, finster in sich versunken, aus ihrem Hause gekommen und hinten auf und ab gegangen; jetzt sich jetzt auf ihre Bank, stützt den Kopf in die Hand).

Julius (kommt von vorne rechts; bleibt vor dem Vorbau stehen, der ihm Liesbeth verdeckt. Für sich). Jetzt wär' es Zeit. — — Ja, Liesbeth, ich komme; aber — ich allein! — — Mir ist zu Muth, wie in „Tausend und eine Nacht"; Finsterniß — Musik — das leise Glucksen im Strom — die Brandung so dumpf über die Dünen herüber — und mein erstes richtiges ächtes Abenteuer . . . Mein Herz schlägt nicht schlecht. — Woher kommt nur diese infame Feigheit; — das ist das dumme Gewissen . . . Johann Ohlerich hat ja Unrecht, und sie hat Recht — also dann ich auch! (Geht gegen hinten links. Bleibt stehen.) Da sitzt sie ja auf der Bank. (Tritt leise näher, während sie, halb abgewendet, vor sich hinstarrt.) Liesbeth!

Liesbeth (fährt erschreckt mit einem leisen Schrei auf; läuft fort, in den Vordergrund).

Julius. Liesbeth, was haben Sie? Warum laufen Sie vor mir fort? (Mit durchklingendem Stolz.) Fürchten Sie sich vor mir?

Liesbeth (sucht zu lachen). Ich? Warum? Wie sollt' ich?

Julius. Warum liefen Sie denn davon?

Liesbeth. Fragen Sie nich so viel. (Um zu antworten.) Ich bin man so'n dummes Kreatur, daß ich manchmal — — Mir wurd' auf einmal so beängstlich zu Sinn . . . (Sich trotzig aufraffend.) Es is ganz vorbei!

Julius (zögernd). Liesbeth! haben Sie sich — — Sind Sie wieder gut mit ihm?

Liesbeth (setzt sich vorn links auf eine der Kisten). Er is ja nich hier. — Er is ja nich gekommen, hat nich abgebeten.

Julius (sucht zu scherzen). Sie haben sich einen etwas wilden Mann ausgesucht, Liesbeth!

Liesbeth (scheinbar ganz ruhig). Der wird noch zahm werden. Lassen Sie das man gehn. (Aufgeregt vor sich hinmurmelnd.) Ich sollt' klein vor ihm werden wie 'n kleines Kind? Da müßt ich mich ja schämen bis in den grauen Grund . . . (Laut.) Julius!

Julius. Liesbeth?

Liesbeth (holt die kleine Photographie aus ihrer Tasche). Wenn Sie meine Photographie noch haben wollen — da is sie.

Julius (überrascht). O! ich danke Ihnen! (Nimmt sie; etwas unsicher.)

Liesbeth. Sie fassen das Ding ja an, als wenn was drin wär', das Sie beißen könnt'. (Wieder vor sich hin.) O! er soll sich wundern!

Julius. Wer soll sich wundern? (Sie schweigt. Er setzt sich neben sie, auf ein Faß.) Liesbeth!

Liesbeth. Julius?

Julius. Wollen Sie nun stromfahren? (Leiser.) Aber nich mit den Andern, Liesbeth — (mühsam) Sie mit mir allein?

Liesbeth (kurzab). Was fällt Ihnen ein, Julius. — — Wozu stromfahren; wir sehn's ja auch von hier. (Nach links hinausdeutend.) Die Raketen, die Leuchtkugeln; und die Musik hören wir wol von Weitem besser als nahbei... (Horcht.) Da kommt ja noch 'ne Musik. (Im Orchester beginnt eine zweite Musik, während die erste allmählich verklingt; sie setzt leise ein, wie aus der Ferne kommend, und wächst allmählich an bis zu normaler Stärke, worauf sie — während des Folgenden — ebenso wieder abnimmt und zuletzt verhallt. Gleichzeitig beginnt ein dumpfes taktmäßiges Geräusch, wie das Schaufeln von Dampfschiffrädern im Wasser; mit der Musik allmählich anschwellend und wieder abnehmend. Der Eindruck muß sein, wie wenn ein Dampfschiff, auf dem eine kleine Musikbande spielt, von rechts nach links durch das Orchester führe, auch vorher und nachher eine Weile vernehmbar.)

Julius (horcht). Und so ein dumpfes — — Horch! Ein Dampfer kommt.

Liesbeth. Ja; mit Musik.

Julius. Das ist ja wol der letzte Dampfer, der heute von Rostock kommt.

Liesbeth. Ja, das wird er wol sein. (Für sich, vor Erregung zitternd.) Kommt er mit dem zurück?

Julius (blickt umher). Sehen Sie, Liesbeth — und so in der dunklen Nacht, in der schönen Nacht, stehn wir hier allein. Da im Strom fährt der Dampfer (ins Orchester deutend) wie ein schwarzes, unklares Ungeheuer vorbei; (nach links blickend, während die Orchestermusik abzunehmen beginnt) und da unten, nach der See zu, steigen die Raketen, streuen am Himmel ihre farbigen Sterne aus — als wollten sie uns sagen: genießt doch die schöne Nacht! (Immer mit seiner Erregung kämpfend.) Ach, ich wollt', ich führ' nun mit Ihnen in die See hinaus! Was soll ich auf dem Lande — bei den Büchern, bei den Stubenhockern — — ich hab' ja nur zwei Dinge auf der Welt, an die ich mein Herz gehängt hab': Liesbeth Ohlerich und die See. (Sie legt ihm eine Hand auf den Mund; er nimmt die Hand, hält sie fest.) Lassen Sie mich doch ausreden; ich mein's ja nicht schlecht. Sehn Sie, ich träum' Tag und Nacht davon, auch ein Seemann zu werden —

Liesbeth. Nu, das mögen Sie ja thun; — aber lassen Sie meine Hand! (Zieht sie fort.)

Julius. Warum wollen Sie mir Ihre Hand nicht lassen. Fürchten Sie sich vor Ihrem Tyrannen?

Liesbeth (mit einer stolzen Bewegung). Ich mich fürchten! — Sie Kind. Da haben Sie die Hand. (Nachdem die Dampfermusik verhallt ist, hat die ferne Stromfahrtmusik wieder begonnen, jetzt das Silcher'sche „Was soll es bedeuten" spielend. Mondschein.)

Julius (ihre Hand wieder haltend). Sie sollen sich auch nicht fürchten: ich beschütze Sie. (Sie sieht ihn lächelnd an.) Liesbeth! Wie kann man so ein Unmensch sein, Ihnen Unrecht zu thun! Sie haben ihn verwöhnt. Sie sind zu gut gegen ihn. Wenn Sie man auch Einmal gegen mich so gut sein wollten — gegen mich, Liesbeth.

Liesbeth (sanft). Sie sind ein Narr, Julius!

Julius. Wenn ich einer wäre, so sind Sie selbst daran Schuld! — Ach, hören Sie doch die Musik — diese schöne, traurige, herzliche, verliebte Musik... (Sucht zu scherzen.) Liesbeth! ich wollt', ich könnte Sie entführen —

Liesbeth (mit kurzem Auflachen). Sie mich? — Wohin?

Julius. Wohin? — Wo es keine Johann Ohlerichs und keine Tyrannen giebt... Sie sollen nicht mehr unglücklich sein; ich geb' es nicht zu! Ich will Ihnen zeigen, daß ich auch ein Mann bin... (Eine Hand um ihre Schulter legend.) Liesbeth! ich bin in Sie verliebt!

Liesbeth (mit halbem Lächeln). Ach Gott!

Julius (plötzlich vor Erregung zitternd, leiser). Und Sie länger so anzusehn — ich halt' es nicht aus! — — Ich beschütze Sie, Liesbeth; ich errette Sie; — ich muß Sie erretten. (Umarmt sie plötzlich und küßt sie. Sie stößt einen kurzen Schrei aus, den er durch einen neuen Kuß erstickt. Flüsternd.) Ich muß es thun, Liesbeth! Ich muß es thun! (Küßt sie wieder.)

Liesbeth (reißt sich gewaltsam los). Herr mein Gott! (Stößt ihn zurück; von ihm hinweg, nach rechts; außer sich) Julius! Sind Sie toll!

Julius (erschreckt, verwirrt). Rufen Sie doch nicht so laut — ich beschwöre Sie —

Liesbeth (mit dem ausgestreckten Arm ihn von sich weisend). Lassen Sie mich gehn! — Was haben Sie da gethan! Was

hab' ich gethan! — — Gehn Sie mir nich nach! Nie mehr!
(Läuft in ihr Haus hinein.)

Sechster Auftritt.

Julius. Johann Ohlerich. Schiffer **Albrecht.** Später das junge **Mädchen.** Der **Matrose** (rührt sich bei den letzten lauteren Reden des vorigen Auftritts; nickt dann wieder ein).

Ohlerich (kommt während Liesbeth's letzter Worte mit Albrecht von links; bleibt betroffen stehen. Halblaut). Was is das? Lief da nich meine Frau?

Albrecht (phlegmatisch, halblaut). Kann wol möglich sein; (erblickt Julius, der vorne rechts steht; erschrickt, sucht schnell abzulenken) is aber unwahrscheinlich. Komm, gehn wir in Dein Haus —

Ohlerich. Wer steht da?

Albrecht. Niemand.

Ohlerich. Dummer Schnack ... Jemand is doch nich Niemand. — Das is der Herr Julius —!

Albrecht. Nu, so laß ihn stehn!

Julius (für sich, ganz verstört). Wahrhaftig und Gott, das ist Johann Ohlerich. — — Der kommt grade recht. (Sich Muth machend, trotzig.) Na ja, was haben wir denn gethan? (Mit flüchtigem Triumph.) Geküßt hab' ich sie ... Wär' mir nur besser zu Muth!

Ohlerich (den inzwischen Albrecht, leise in ihn hineinredend, seinem Hause zu gezogen hat, macht sich von ihm los). Laß mich, sag' ich Dir! Mit diesem Herrn Julius, von dem meine Frau weglief, als ich kam, mit dem muß ich reden —

Albrecht (hält ihn wieder fest). Jetzt nich, Ohlerich, jetzt nich! — Wie wird sie davongelaufen sein; was Du allens red'st ...

Julius (für sich). Er hat mich gesehn. — Geh' ich nach Hause, so sieht es aus, als ging' ich ihm aus dem Weg; — so feig bin ich nicht. Jetzt muß ich an ihm vorbei! (Geht nach links. Nimmt die Mütze ab; laut, mit künstlicher Sicherheit.) Guten Abend, Johann Ohlerich! (Vorne links ab.)

Ohlerich. Guten Abend, Herr — — Albrecht! Ich muß ihm nach!

Albrecht (hält ihn fest). Mensch, ich schlag' Dich nieder, wenn Du jetzt nich still hältst. Bist Du denn ganz verdreht? — Alter Freund! Schafskopf! Willst Du auf offener Straß' Deine Hausehr' zum Besten geben? Willst Du Dich selbst zur Eul' von ganz Warnemünde machen? — Hier is nichts nich geschehn — als in Deinem Kopf. Da wohnt Peter Jungmann: da steuern wir hin. Acht' auf den Kompaß, Johann Ohlerich; bleib in Deinem Kurs! (Führt ihn, während er spricht, in den Vorbau hinein; setzt ihn auf einen Stuhl. Leiser, auf den schlafenden Matrosen deutend.) Siehst Du, da sitzt noch wer; so, wie der aussieht, so bist Du —

Ohlerich (die Stimme mit Mühe dämpfend). Albrecht! ich bin 'n unglücklicher Mensch!

Albrecht (jetzt sich). Ja, das bist Du wol. Weil Du Dinge siehst, die selbst Gott nich sieht — weil sie eben nich wahr sind —

Ohlerich. Was hat sie mit dem Herrn Julius hier auf der Straße zu thun? Hier im Dunkeln, Albrecht?

Albrecht. In der dunklen Stube wär's schlimmer. Und wenn man 'ne rechtschaffene Frau hat —

(Das junge Mädchen von vorhin tritt von links wieder auf, einen Krug in der Hand; geht durch den Vorbau in Peter Jungmann's Haus.)

Ohlerich. Warum lief sie weg? — Albrecht, sie macht mich toll! — — Weil ich sie gern hab', Albrecht; (mit vor Scham halberstickter Stimme) weil ich sie ganz ungeheuer gern hab' — so wie nichts auf der Welt —

Albrecht. Und da hast Du Recht in; sie is 'ne heil prächtige Frau! Und das mit dem jungen Herrn, das wird sich wol geben —

Ohlerich. Ich bring' sie um, Albrecht!

Albrecht. Nu, dann wenigstens nich so laut. — 'n jungen Hansquast is er, weiter nichts —

Ohlerich. Ich bring' ihn auch um, Albrecht! Ich schlag' ihn todt! — Ihn und sie — und dann mich dazu!

Albrecht. Dann wär' allerdings die ganze Geschicht' aus der Welt. Aber viel Vergnügen hätt'st Du dann auch nich mehr —

Ohlerich (Albrechts Arm fassend und heftig drückend). Albrecht, ich trau' ihr nich! — Sie soll diesen Menschen nich wieder=
sehn; ich will's nich! — Sie soll noch diese Nacht mit mir fort — nach Hamburg — auf See!

Albrecht. Wenn Du sie zwingen willst, läuft sie Dir weg; dazu ist sie kumpabel. Ruhig Blut, wär' besser —

Ohlerich (mit der Geberde des Zustoßens). Er oder ich! Albrecht, ich mach' 'n End'!

Albrecht. Dazu wärst Du kumpabel; — aber nu sieh mal, nu hast Du uns Den da aufgeweckt.

(Der Matrose reibt sich die Augen; steht dann, noch etwas schwankend auf. Die Musik hat aufgehört.)

Siebenter Auftritt.

Ohlerich, Albrecht, der Matrose; das Mädchen, dann der Alte, Julius, Matrosen, Peter Jungmann, der Kellner. (Das Mädchen kommt, mit dem Krug, aus dem Hause zurück, geht durch den Vorbau hinaus, nach links).

Matrose (sieht ihr begehrlich nach; für sich). Goddam! (Geht ihr nach. Sie träumt in langsamem Schritt vor sich hin.)

Albrecht (sieht dem Matrosen nach). Wie der Kerl wieder gut auf den Beinen is; der hat sich ja wol ganz zurecht ge=
schlafen —

Das Mädchen (schon hinter der Scene, links, schreit auf). Lassen Sie mich los! — Großvating! Großvating! Zu Hülf'!

Matrose (gleichfalls hinter der Scene). Ach was Groß=
vating . . . Einen Kuß —

Ohlerich. Ho! Was is da los?

Der Alte (hinter der Scene). Du Räuber! Du Hund! Willst Du meine Rike wol in Frieden lassen? — Du infamer Hund Du!

Matrose (fliegt, wie von einem Stoß getroffen, von links auf die Bühne zurück; taumelt; hält sich aufrecht. Wüthend, doch mit halber Stimme). Nu, Gott verdamm' mich —! (Zieht ein langes Messer aus der Tasche, öffnet es.)

Der Alte (mit zornrothem Gesicht, eine lange Stange in der Hand, kommt ihm nach). Du meinem Riking was thun? (Will mit der Stange gegen den Matrosen ausholen; sie zittert aber in seinen Händen.)

Matrose. Was! Du eisgrauer Stacker willst mich niederschlagen? (Faßt das andre Ende der Stange, zieht sie und mit ihr den Alten an sich heran, und holt mit dem Messer aus).

Ohlerich (ist gleich Albrecht aufgestanden; auf die Straße stürzend). Heiliger Gott —!

Julius (eilt von links herbei, wirft sich vor den Alten, beide Hände ausstreckend). Halt! Halt! (Das Messer des Matrosen trifft, statt des Alten, Julius' rechte Hand.) Mit dem Messer, Du Hund? (Packt den Matrosen an der Brust, wirft ihn auf die Erde; kniet über ihm und reißt ihm das Messer aus der Hand; wirft es von sich weg.)

Zweiter Matrose (hinter der Scene, links). Steht ihm bei! Steht ihm bei! (Eilt mit einem andern Matrosen herbei; es sind dieselben, die am Anfang des 4. Auftritts die Kisten und Fässer ablagerten; sie ziehen ihre Messer.) Mach' ihn los! Stoß zu! (Sie dringen auf den noch knieenden Julius ein; er beugt sich zurück, mit den Armen abwehrend.)

Ohlerich (tritt neben Julius; mit donnernder Stimme). Zurück! — Wer nich in den Strom will, zurück! (Die Matrosen halten unwillkürlich inne; Albrecht tritt neben Ohlerich. Ohlerich ruhiger, mit Würde.) Steckt eure alten Käs'kniewen wieder ein; hier in Warnemünde wird nich so zugestochen. Wenn ihr nich ebenso voll seid, wie der Lump da auf der Erde, so hebt ihn auf und bringt ihn wieder an Bord; oder es geht ihm schlecht. Und wenn all seine Rippen noch heil sind, so kann er sich gratuliren, daß er so davonkommt. Bringt ihn an Bord, sag' ich!

Zweiter Matrose (zum dritten, eingeschüchtert, flüsternd). Der hat hier was zu kommandiren, scheint mir. — Bringen wir den Kerl an Bord. (Sie heben das Messer und den Matrosen auf; Julius erhebt sich.)

Erster Matrose (sich sträubend, umherstierend, in trunkener Wuth murmelnd). Weg da! Laßt mich los! — Ich will ihm eins zwischen die Rippen — — zwischen die Rippen — —!

Zweiter Matrose (halblaut). Halt's Maul, und an Bord! (Sie tragen ihn nach links hinweg. Julius hat sich inzwischen sein Taschentuch um die rechte Hand gewickelt, nimmt die Zähne zu Hülfe, um es festzubinden; steht seitwärts von Ohlerich, der nur auf die Matrosen Acht giebt und Julius nicht sieht. Während des Lärms sind Peter Jungmann, das Dienstmädchen und der Kellner hervorgekommen, schauen zu.)

Der Alte (den Matrosen nachblickend, mit halber Stimme). Ih, Du Räuber! Hallunk' Du! — Du wollt'st mein Riking küssen? (Ruft.) Riking! Riking! Wo bist Du?

Das Mädchen (hinter der Scene, hinten links). Großvating! Hier!

Der Alte (geht, wendet sich). Bedank' mich auch für den Beistand; bedank' mich vielmals. (Mit der Stange hinten links ab. Peter Jungmann und seine Leute gehen langsam ins Haus zurück.)

Albrecht (nach links hinausschauend). Na, sie haben ja doch Raison angenommen. — Da haben sie ihn all am Bollwerk, legen ihn ins Boot. (Schräg hinausdeutend.) Auf der andern Seit' liegt ihr Schiff. — Na, man immer zu! — Da fahren sie all bei meiner Yacht vorbei.

Ohlerich. Was der Kerl noch wild is!

Albrecht (lacht). Ja; er hat wieder sein Messer — und haut damit ins Wasser, daß es in die Höh' spritzt — wie Silber, in dem Mondschein. Als wenn er dem Strom den Bauch aufschlitzen wollte —

Ohlerich (ergriffen, für sich). Pfui, es sieht häßlich aus — so 'n wüthiger Mensch! (Wendet sich langsam zurück. Laut.) Hat der Hundsfott tüchtig zugestoßen? (Sieht Julius, stößt einen Laut der Ueberraschung aus; tritt einen Schritt zurück. Nach einer Weile, sehr gedehnt.) Ah! Sie sind es also!

Julius (so viel wie möglich vermeidend, Ohlerich anzusehen). Ja, ich bin's.

Ohlerich. Hm! — — Wo kamen Sie denn auf einmal her?

Julius. Ich? — Ich wollt' noch 'n Spaziergang machen — in der schönen Nacht!

Ohlerich (für sich, argwöhnisch). Was für'n Spaziergang der wol machen wollte. (Blickt auf Julius' Hand. Unfreiwillig gutmüthig.) Hat er gut getroffen?

Julius. O ne; ich glaub', herzlich schlecht! (Lacht etwas gezwungen. Bindet das Taschentuch auf, besieht die Hand, hält sie Ohlerich hin.) Sehn Sie, ein elender Schmiß. Mit einem Stück Heftpflaster ist das abgemacht. (Zieht seine Brusttasche hervor, holt etwas Heftpflaster heraus.)

Ohlerich. Na, so 'n paar Blutstropfen kann man zur Noth entbehren — wenn man so viel davon im Vorrath hat! (Betrachtet Julius gutmüthig, mit unwillkürlicher Bewunderung, während dieser, ohne aufzublicken, ein Stück Heftpflaster auf die Hand klebt. Für sich.) Wie stattlich der Bengel aussieht. — Diese feine Haut; und wie verteufelt gut ihm der kleine Schnurrbart steht. (Wird wieder unruhig; seufzt grimmig auf.) Ja, ja! — Liesbeth, Liesbeth! (Macht eine Faust.)

Julius (möglichst harmlos — um etwas zu sagen). Und Sie? wo wollen Sie hin?

Ohlerich. Ich? — Ich saß bei Peter Jungmann —

Julius. So! — Da hatten Sie Recht. — Der hat gutes bairisches Bier —

Ohlerich. O ja. Und auch guten Porter. Was ich bin, ich zieh' Porter vor; er hat mehr Gewalt, er geht forscher ins Blut.

Julius. Wenn ich ihn mit Ale mische, ist er mir noch lieber! — — Während wir davon reden, krieg' ich plötzlich Durst. (Sieht Ohlerich zuversichtlicher an; sein inneres Gefühl übermannt ihn. Herzlich, fast bewegt.) Ich hab' Ihnen übrigens noch nich einmal gedankt, Johann Ohlerich, daß Sie mir einen zweiten Messerstich erspart haben. — Kommen Sie, lassen Sie uns etwas Porter mit Ale trinken!

Ohlerich (ungewiß murmelnd). Danken! — Sie haben mir nichts zu danken.

Julius. Doch; ich hab' Ihnen sehr zu danken. Womit hätt' ich mich gegen die Kerle wehren sollen? Ich hatt' ja nichts, als die beiden Hände.

Ohlerich. Warum liefen Sie denn mit Ihren nackten Händen so auf das Messer los?

Julius. Na, da besinnt man sich doch nich lange, wenn man helfen muß?

Ohlerich (murmelt beifällig. Albrecht thut das Gleiche. Ohlerich blickt wieder auf Julius' Hand, und in dessen Gesicht; dann, weich). O ja, Porter mit Ale is gut.

Julius. Ja, Porter mit Ale ist gut! — In so 'ner Mondnacht hab' ich immer Durst. Und wenn Einem das

Wirthshaus so vor der Nase liegt — — Schiffer Albrecht! was meinen Sie?

Albrecht (bedächtig). Ich meine auch, daß Porter mit Ale gut is.

Julius. Je, dann sollten wir hingehn. — — Peter Jungmann!

Jungmann (kommt heraus). Hier! — Was steht zu Befehl?

Julius. Bringen Sie uns Porter mit Ale!

Jungmann (blickt sehr verwundert auf Julius und Ohlerich; dann). Porter mit Ale is gut. (Ruft.) Gustav! Ein, zwei, drei — vier Gläser Porter mit Ale!

Albrecht. Wir haben's ja, können's ja thun. — Na, also denn man jüh! (Sie treten in den Vorbau ein; Albrecht setzt sich hinter den Tisch. Ohlerich rechts, Julius ihm gegenüber links. Gleich darauf kommt der Kellner mit dem Bestellten und Licht.)

Jungmann (noch immer in stiller Verwunderung). Das war ja ein Mordsspektakel, mit meinem Matrosen da. Den prickelte wol der Hafer, daß er die Dirn' durchaus küssen wollt' —

Albrecht (abbrechend). Das is nu egal. — Kindings und Leute, was is's für 'ne schöne Nacht!

Julius (über den Tisch hinüber schüchtern sein Glas hinhaltend). Also auf Ihr spezielles Wohl, Johann Ohlerich!

Ohlerich (unsicher brummend). Hm! (Stößt langsam an.) Gegenseitig. (Für sich.) Er hat 'n so verdammt treuherziges Gesicht! (Thut einen tiefen Zug.)

Jungmann (steht hinter Albrecht; leise). Na, was dies wol heißt? Die Beiden trinken ja mit einander —

Albrecht (steht auf; leise). Na, dann hats auch wol seine Richtigkeit. Thun Sie mir den Gefallen und denken Sie nu gar nichts mehr! (Schiebt ihn der Thür zu; Jungmann ab ins Haus, dem Kellner nach.)

Julius (hat unterdessen getrunken). Wie die Kerls vor Ihnen Respekt hatten, Johann Ohlerich. Ohne daß Sie Ihr Messer zogen!

Ohlerich (sieht ihn nachdenkend an. Mit versteckter Bedeutung). Zuweilen is es besser, glaub' ich, man zieht nich das Messer.

(Für sich.) Ja, ja! Wenn ich das Andre auch so ins Gleiche bringen könnt' — ohne Messer und Allens ... (Trinkt.)

Julius (für sich). Wie sauer mir das doch wird, in sein gutes Gesicht zu sehn. — Hätt' ich sie nich geküßt! — — Wahrhaftig und Gott, ich kann ihn nich mehr ansehn... (Steht auf. Laut.) Ich — — ich will doch mal wahrschauen, ob sie schon auf der andern Seite und auf ihrem Schiff sind —

Albrecht. Nu, das sind sie wol sicher.

Julius. Ich will doch mal wahrschaun ... (Geht hinaus, und langsam nach links; eine Hand vor den Augen, wie um besser zu sehen. Verschwindet allmählich nach links.)

Ohlerich (sieht ihm nach. Für sich). 's is 'n Kerl auf'm Platz. — 's is 'n gutes Stück von einem Menschen. Da is nichts zu sagen. — — Ja! Wie geht mir dies! Wie geht mir dies! (Nimmt seinen Hut ab, legt ihn auf den Tisch. Geht hin und her; zupft an seinem Backenbart.)

Albrecht (ihn still beobachtend, für sich). Laß ihn man gehn!

Ohlerich (tritt wieder an den Tisch). Albrecht!

Albrecht. Ohlerich?

Ohlerich. Ich weiß nich — mir is so sonderbar zu Sinn. (Fängt an, herzlich, doch fast verschämt zu lächeln.) Mir steigt was zu Kopf —

Albrecht. Der Porter?

Ohlerich. Ne. Der nich. (Fährt sich unruhig durch die Haare; zieht plötzlich seine Jacke aus, legt sie auf seine Stuhllehne.)

Albrecht. Ih, Ohlerich! Was is Dir?

Ohlerich. Mir wird so warm. — Ich hab' — — ich hab' 'ne Idee.

Albrecht. Ih, was Du sagst! — Dann setz' Dich nieder; das könnt' Dich übernehmen. (Drückt ihn nieder, so daß er auf dem Tisch sitzt.)

Ohlerich (dem Schiffer eine Hand auf die Schulter legend). 's is aber keine so wilde Idee, wie die von vorhin. — 's is 'ne gute, Albrecht.

Albrecht. Mir nich zuwider. — Dann will ich Dir helfen. (Zieht sich gleichfalls die Jacke aus. Für sich.) Na, Gott sei gesungen und gepfiffen; er kriegt wieder Humor!

Ohlerich. Setz Dich hierher, Albrecht.

Albrecht. Ja, ich setz' mich her. (Setzt sich neben ihn auf den Tisch, und auf seine Hände; wiegt sich zuweilen, vergnügt, vorwärts und zurück.)

Ohlerich. Du willst morgen aussegeln, Albrecht.

Albrecht. Ja, ich will nach Kiel.

Ohlerich. Von Kiel kann man ja auf der Eisenbahn wieder nach Hamburg fahren —

Albrecht. Warum nich; das kann man.

Ohlerich. Und auch wieder nach Rostock, wenn man will; und von da hierher —

Albrecht (nicht). Das kost't Dich sechs Stunden Zeit.

Ohlerich. Wir haben Mondschein.

Albrecht. Das seh' ich.

Ohlerich. Und der Wind wär' gut.

Albrecht (fängt an zu begreifen). Und der Wind wär' gut.

Ohlerich. Du könnt'st auch heut Nacht aussegeln.

Albrecht. Wenn's sein müßt' — o ja.

Ohlerich. Wenn's für 'n guten Freund wär' —

Albrecht. Dann thät' ich's.

Ohlerich. Wo is der Herr Julius?

Albrecht (beugt den Kopf vor, um nach links hinaus zu sehn). Der geht da noch auf und ab.

Ohlerich. Der — und ich — (Stockt; sieht Albrecht mit geheimnißvoll-humoristischen Geberden von der Seite an.)

Albrecht. Na? — So red' doch.

Ohlerich. Der und ich müßten mitfahren.

Albrecht (mit eben solchen Geberden). Mir auch recht. — Das kriegen wir all' noch zu Schick!

Ohlerich. Geschehn thut ihm nichts.

Albrecht (eine Hand auf Ohlerichs Schulter legend). Das weiß ich.

Ohlerich. Aber mit muß er.

Albrecht (schmunzelnd). Bin ich auch der Meinung.

Ohlerich. Und er muß mit abfahren, ohne daß er's merkt.

Albrecht (nicht). Das muß also fein eingefädelt werden... Na, fädel' Du man ein!

Ohlerich). Gieb mir mal mein Glas her. (Albrecht thut's, nimmt auch das seine. Sie trinken beide aus. Ohlerich, heiter und wie befreit lächelnd.) Ja, ja, Porter mit Ale is gut!

Albrecht (wischt sich den Mund ab). Bestreit ich nich', Johann Ohlerich.

Ohlerich (steht auf). Ich hab's! — — Ist Dein Maat an Bord?

Albrecht. Ja.

Ohlerich. Dein Schiffsjung' auch?

Albrecht. Ja.

Ohlerich. Alles reisefertig?

Albrecht. Fehlt gar nichts. (Julius kommt langsam zurück.) Nu weiß ich man blos noch nich, wie der Herr Julius — —

Ohlerich (sieht Julius; leiser). Wirst Du gleich sehn; „Geduld, meine liebe Seele". (Während Julius an der Ecke des Verbau's unsicher stehen bleibt, — laut.) Na, so weis' uns mal erst noch Deine japanischen Bilder her! Die muß ich noch mal sehn, eh' Du wieder zu See gehst; und die werden auch dem Herrn Julius gefallen —

Julius (tritt näher). Was für Bilder?

Ohlerich. O, so japanische, und chinesische; die der Schiffer Albrecht in seiner Kajüte hat —

Albrecht (leise). Versteh' schon! (Laut.) O ja, lustig sind sie; für Mannsleut' sehr possirlich anzusehn. Als ich noch zwischen China und Japan fuhr —

Ohlerich. Er is nämlich auch nich immer Ostsee=fahrer gewesen; als Matros' is er zweimal um die Welt ge=segelt —

Albrecht. Ja, da hab' ich mir diese schnak'schen Bil=der so zusammengekauft; und da freu ich mich oft über —

Julius (neugierig). Kann man sie nich mal sehn?

Albrecht. So oft, als Sie wollen, Herr.

Ohlerich. Aber morgen früh fährst Du ja wieder ab. Da sollten wir sie uns auf der Stelle ansehn; (gemüthlich) wenn's dem Herrn Julius recht wär' —

Julius (froh über Ohlerich's Herzlichkeit, eifrig). Na, ob mir's recht ist! Sehr! — Nichts auf der Welt seh' ich so gern, als was die Seefahrer mitbringen —

Albrecht. Und possirlich sind sie! — Je, ich wär' bereit —

Julius. Also gehn wir hin! (Nach links schräg' hinausdeutend.) Da liegt ja wol Ihre Yacht —

Albrecht. Ja; die nächste da. Wenn Sie wollen — man zu! (Greift nach seiner Jacke.)

Julius. Trinken wir erst noch aus! (Setzt sich.)

Achter Auftritt.

Ohlerich, Albrecht, Julius (im Vorbau); **Liesbeth** (kommt aus ihrem Hause). Zuletzt **Peter Jungmann** und der **Schiffsmaat.**

Liesbeth (langsam, scheu, wie geknickt; für sich). Ne, ich halt's nich mehr aus. — Ach, wie ist's möglich! Ach wie konnt' ich das thun! — — Ich hab's ja nich gewollt; aber Schuld hab' ich auch: hätt' ich ihm nich so gute Augen gemacht, und hätt' ich nich an seinem butterigen Herzen so herumgestreichelt, dann wärs ja nie so weit gekommen — — o Gott!

Albrecht (hat seine Jacke langsam angezogen, seinen Hut genommen; Julius trinkt; Ohlerich sitzt wieder auf seinem Platz, hat aus seiner Brieftasche ein Blatt herausgerissen und schreibt mit einem Bleistift). Nu? was machst Du da noch?

Ohlerich (der ihm heimlich winkt). Nur 'n paar Worte; nur 'ne kleine Geschäftssache! (Schreibt weiter.)

Liesbeth (weich). Ich will Peter Jungmann fragen, ob Ohlerich gekommen is, oder nich . . . (Erblickt durch das große Glasfenster an der linken Seite die Drei im Vorbau.) Gott soll mich bewahren — was seh' ich? — Ohlerich und Er? und an Einem Tisch?

Julius. Meinen Rest auf Ihr Wohl, Johann Ohlerich! (Trinkt aus.)

Ohlerich. Danke. (Schreibt.)

Liesbeth. Ich bin ja wol närrisch geworden? — — Und was schreibt mein Mann da? — Und sieht wieder ganz spitzbübisch und vergnügt aus . . . (Gerührt.) Ach, sein gutes altes liebes, ehrenfestes Gesicht! — — Is mir doch grad', als wüßt' er, daß ich ihm (an ihre Tasche greifend) eben einen kleinen Brief geschrieben hab' — denn so in die Augen sagen kann ich's ihm nich! — und daß Peter Jungmann ihm den geben sollte —

Ohlerich (hat das Blatt zusammengefaltet). So, nu bin ich fertig. — Albrecht! (Leise, während er sich die Jacke anzieht.) Das is für meine Frau. Sie steht immer zuerst auf; klemm ihr das in die Thür! (Albrecht nickt.) Unterdessen geh' ich mit dem Herrn Julius voran ... (Laut.) Also dann kommen Sie, wenn es Ihnen recht is! (Geht.)

Julius (geht voran; heiter). Mir ist es recht! — — Mein Alter wird sich wundern, daß ich heut so spät nach Hause komme!

Ohlerich (im Gehen, für sich). Er wird sich wol noch ganz anders wundern ... (Beide links ab. — Der Mondschein hat aufgehört; Nebelstreifen ziehen rückwärts und vorne langsam auf die Bühne herein, oder senken sich herab.)

Liesbeth (für sich). Mein Gott, wo gehen sie hin?

Albrecht (hat unterdessen Geld auf den Tisch gelegt, dann aus seiner Tasche eine Oblate genommen und auf Ohlerichs Billet geklebt). Sicherer is sicherer! (Blickt auf.) Hab' ich's nich gesagt? Der Nebel is da! — — Na, uns macht das nichts. (Tritt heraus; stößt auf Liesbeth.) Gott straf' mich! Sie hier?

Liesbeth. Was wollen Sie mit dem Billet?

Albrecht. Ich? mit dem Billet?

Liesbeth. Ja, mit dem Billet.

Albrecht. Nu, das is für Sie; das soll ich in Ihre Thür klemmen —

Liesbeth. Schön; dann geben Sie 's her! (Zieht es ihm aus der Hand.)

Albrecht (etwas verblüfft). Erlauben Sie; das is wol zu zeitig —

Liesbeth. Schiffer Albrecht! Was steht da drin?

Albrecht. Meine liebe Madam Ohlerich, das weiß ich nich ... (Ablenkend.) Aber nun sehn Sie mal, wie der Nebel so sacht herunterrieselt —

Liesbeth. Was geht der Nebel mich an. (Schüchtern, mühsam.) Ich hätt' hier auch 'n Billet; (zieht es aus der Tasche) wenn Sie meinem Johann Ohlerich das geben wollten —

Albrecht (nimmt es). Das will ich wol thun!

Liesbeth (in wachsender Unruhe). Aber wo geht er jetzt hin?

Albrecht. Blos 'n bischen auf meine Yacht —

Liesbeth. Aber er kommt doch wieder, Schiffer Albrecht?

Albrecht. Natürlich; (scheinbar harmlos lächelnd) früher oder später kommen wir zurück! (Für sich, weich.) Wenn mir die kleine Frau man nich so leid thät' —

Liesbeth (ist einige Schritte nach links gegangen). Ach mein Gott, mein Gott! — Ich kann sie nich mehr sehn; der Nebel wird so dicht —! (Späht mit Anstrengung hinaus; geht noch weiter nach links.)

Albrecht (für sich). Die sind all in meiner Kajüte . . . Donner und Hagel, da hab' ich auch eine Idee! Wenn die kleine Frau — — (Die Nebel haben mittlerweile die Bühne immer dichter umzogen; nur Albrecht ist noch sichtbar; jetzt verschwindet auch er.) Ich seh' nichts mehr von der kleinen Frau. (Ruft.) Madam Ohlerich!

Liesbeth (unsichtbar, schon in der Coulisse). Schiffer Albrecht! Hier!

Albrecht (unsichtbar, auf der Bühne). Je, wo sind Sie denn!

Liesbeth. Hier!

Albrecht. Bitte, stehn Sie still! (Sich rasch nach links entfernend.) Ich hab' Ihnen noch was zu sagen, Madam Ohlerich —

Jungmann (unsichtbar, in seiner Vorhalle). Albrecht! Ohlerich! — — Ih, wo sind sie denn geblieben? — Da is ja keine menschliche Seele mehr zu sehn —

Albrecht (hinter der Scene). Losmachen!

Schiffsmaat (ebenso). Ahoi!

Albrecht. Ahoi!

Jungmann. Ahoi? — Was is'e los? Schiffer Albrecht ruft auf seiner Yacht „Ahoi" — und sie fahren ab? — Herr Gott in Frankreich — da muß ich mich ja doch wundern —

Albrecht (schon entfernter). Mehr Backbord! — Klüwer los!

Schiffsmaat (ebenso). Ahoi!

Albrecht. Ahoi! Ahoi!

Jungmann (hat den Leuchter vom Tisch genommen, wird mit dem Licht hinter dem vordersten Nebelschleier sichtbar). Warrhaftig und Gott, sie segeln ab! — Wer denn? Was denn? Alle miteinander? (Nach links gehend, laut.) Kindings! Kindings! Was heißt das? — Johann Ohlerich! Schiffer Albrecht! Johann Ohlerich! (Hinter der Scene.) Weg sind sie!

(Pause. Die letzte Musik hebt wieder an, wie wenn jetzt die Yacht an der „Stromfahrt" vorüberführe; nimmt bald wieder ab und verhallt.)

(Offene) Verwandlung.

Die Nebel theilen sich langsam; erst nach den ersten der folgenden Reden wird die Bühne wieder sichtbar: das Verdeck von Albrecht's Yacht, in der Länge gesehen. Man erblickt, ungefähr in der Mitte, den Mastbaum mit dem großen Segel links und dem dreieckigen (Klüver) rechts; zusammengerollte Taue, Kisten, Fässer; links die Kajütenthür, rückwärts den Bord des Schiffs, dahinter Meer und Luft. Später wieder Mondschein.

Neunter Auftritt.

Schiffer Albrecht, Schiffsmaat; dann **Ohlerich** und **Julius**.

Albrecht (noch im Nebel, unsichtbar). Hab' ich's nich gesagt? So bald als wir aus dem Strom heraus sind, kriegen wir reine Luft!

Schiffsmaat (ebenso, hinter der Scene links). Schiffer, Schiffer, 's wird klar!

Albrecht. Das sag' ich ja, Dämelak! (Die Nebel vergehen. Albrecht, allein auf der Bühne, hat eine kurze Pfeife im Mund; ruft nach rechts.) Klüver fester anziehn! (Schmunzelnd.) So, nu sind wir auf See! (Geht zur Kajütenthür, lugt hinunter.) Die sind noch immer in Japan; und der junge Herr Julius ahnt sich noch nich, daß wir auf der Ostsee schwimmen. (Lacht behaglich.) Na, das is auch egal; — aber neugierig bin ich, ob er uns alle über Bord wirft, wenn er dahinterkommt —

Ohlerich (unten in der Kajüte). Schön! Wenn Sie von den Bildern genug haben, so gehn wir wieder ans Land!

Albrecht. Aha! — Sie steigen herauf. Nu kommt's! (Ohlerichs Kopf wird sichtbar, dann steigt er auf's Verdeck.)

Julius (noch unten; im Steigen). Also wieder zu Peter Jungmann, und zum Porter mit Ale! (Steigt auf's Verdeck; starrt umher.) Ja — hab' ich denn zu viel im Kopf? (Ins Parquet blickend.) Da liegt ja Warnemünde — und hier ist die See. (Faßt sich an den Kopf.) Das ist ja doch die allertollste Phantasie... (Will vorwärtsgehen, taumelt, fällt fast gegen den Mastbaum, hält sich an ihm fest.) 's ist keine Phantasie. — Johann Ohlerich! Was heißt das?

Ohlerich (mit vor Aufregung zitternder Stimme, doch möglichst gemüthlich lächelnd). Je — das is nu so. Sehen Sie, Herr Julius, das läßt sich nu nich mehr ändern... Um es kurz zu sagen —

Albrecht (zu Julius). Verlieren Sie man nicht die Blansirung; halten Sie sich fest!

Ohlerich. Um es kurz zu sagen: es ging wirklich nich an, Herr Julius, daß ich Sie und meine — meine Liesbeth noch länger zusammen ließ. Ich wär' ja ebenso gern mit ihr nach Hamburg gefahren; aber wie meine Frau nu mal is, sie hätt's nich gethan. Nu müssen Sie mit mir zu Wasser nach Hamburg; — so oder so!

Julius (sich immer an den Mastbaum lehnend; mit mehr und mehr unsicherem Ausdruck auf dem allmählich bleich werdenden Gesicht). Johann Ohlerich —

Ohlerich. Lassen Sie mich ausreden! Es mußte was geschehn, Herr Julius — oder 's gab 'n Unglück. Ich hielt's so nich mehr aus! Ich bin ein wilder, hitzköpfiger Kerl! — Da hab' ich heut Abend gesehn — an dem Matrosen, mein' ich — wie häßlich so ein wüthiger Mensch is; und dann — und dann haben wir Porter mit Ale getrunken — und danach is mir etwas besser geworden. Und sehn Sie, da is mir ein Gedanke gekommen: (wieder lächelnd) wie ich Sie so unter der Hand aus meiner Bucht hinausbugsiren könnte! Das is so 'ne kleine unfreiwillige Seereise, Herr Julius; — Sie sind 'n junger Kerl von zwanzig Jahren, Sie verstehn ja Spaß! Nehmen Sie mir's nich übel, daß die Sach' so gekommen is; (wieder im Unmuth) ich hab' selbst keine Freud' dran — ich lass' Weib und Kind zu Haus, um mit Ihnen auf der Ostsee herumzusegeln — Gott verdamm' mich! Sie haben's nich anders gewollt!

Albrecht (sehr verwundert, da Julius, sich am Mastbaum festhaltend und starr vor sich hin sehend, keine Antwort herausbringt). Na, der sagt ja gar nichts; nich Weiß, nich Schwarz —

Julius (will reden, kann nicht; sucht durch eine Geberde anzudeuten, daß er es nicht kann).

Ohlerich. Was is Ihnen? Sie sehn mich so an, als wär' Ihnen nich gut zu Muth. Fehlt Ihnen was?

Julius (mühsam, sanft). O nein — mir ist man sehr übel.

Albrecht (plötzlich begreifend). Aha! So herum!

Ohlerich (tritt zu Julius, faßt seinen Arm, wie um ihn aufrecht zu halten). Goddam! Warum haben Sie das nich früher gesagt?

Julius. Ich mochte nich sprechen.

Ohlerich. Albrecht! gieb 'ne Decke her! gieb 'n Mantel her! (Albrecht geht nach rückwärts, hinter das große Segel.) Ja, den Teufel auch! wenn's **das** is —

Julius (matt, sanft). Ja, das ist es —

Ohlerich. Dann vergeht einem das Sprechen! — Sie sehen ja aus wie das grüne Gras —

Julius. O, das thut mir nichts — (Taumelt; Ohlerich hält ihn fest.)

Ohlerich. Halt stopp! — — Lehnen Sie sich man dreist an mich an, Herr Julius; ich steh' ganz fest. (Albrecht kommt zurück, breitet vor dem Mastbaum eine Decke und einen Mantel auf dem Boden aus.) Aber nu lehnen Sie sich noch besser an den Boden an; (läßt ihn sanft auf die Decke nieder) strecken Sie sich aus; — so, so. In der freien Luft vergeht das besser, als in der Kajüte —

Albrecht. Na, es wird wol noch 'n ganz Theil närrischer kommen!

Julius (macht verneinende Geberden mit Kopf und Hand; dann, nach einer Weile). Sie irren, Johann Ohlerich — — Schiffer Albrecht, mein' ich. Dies ist — (Verstummt.)

Albrecht. Was is dies?

Ohlerich (sanft). Laß ihn gehn, Albrecht.

Julius. Dies ist — nicht meine erste Fahrt. Es kommt immer — aber es bleibt nicht. (Macht die Augen zu.) Es geht bald vorüber —

Ohlerich. Na, dann liegen Sie still! (Schiebt die zusammengerollten Taue am Boden hin zu Julius, setzt sich darauf; stützt einen Ellbogen aufs Knie, das Kinn in die Hand, und betrachtet Julius mit treuherziger Theilnahme. Albrecht steigt in die Kajüte hinunter. Ohlerich für sich.) Ich glaub' doch, wenn Liesbeth Ohlerich ihn so sähe, so ganz besonders gut gefiel' er ihr nich. — — Ja, wenn die uns sähe... (Julius hebt den Kopf.) Liegen Sie man still!

Albrecht (kommt zurück, mit einer Handharmonika. Leise, mit sehr ernsthaftem Gesicht). Vielleicht macht's ihm Spaß, Johann Ohlerich. — Der Maat steht am Steuer; Wind und Wasser sind gut; ich hab nichts zu thun, ich spiel' ihm eins vor. (Ohlerich nickt.) Ja, da wird Einer höllisch zahm. — Aber das is egal. (Setzt sich links auf eine Tonne, etwas entfernt; beginnt leise auf der Harmonika zu spielen.)

Ohlerich. Mögen Sie das hören?

Julius (mit geschlossenen Augen). O ja.

Ohlerich. Na, Ihnen geht's ja noch handlich. — Wie is Ihnen denn zu Muth?

Julius (sanft). Hundsföttisch.

Ohlerich. Schön! Das geht allens vorüber.

Julius (sanft). Mir ist zu Muth, wie wenn mir Alles kurz und klein ist.

Ohlerich. Das mag wol sein. Aber Sie sollen mal sehn, wie schön Ihnen danach zu Muth wird —

Julius. Ach, Johann Ohlerich! (Seufzt.)

Ohlerich. Warum seufzen Sie?

Julius (greift nach Ohlerich's Hand). Sie sind so ein guter Mensch!

Ohlerich. Lassen Sie das man sein —

Julius. Ich bin kein so guter Mensch! — — Ich war heut verrückt!

Ohlerich (sanft). Liegen Sie man still!

Julius. Mir wird schon wieder besser, Johann Ohlerich. Ich hab' nur noch so närrische Phantasien —

Ohlerich. Was für Phantasien?

Julius (nach einigem Zögern). Ihnen kann ich's nich sagen. — — Ach, Sie sind viel zu gut, Johann Ohlerich;

ich bitt' Sie, gehen Sie weiter weg von mir; Sie sind viel zu gut!

Ohlerich. Nu, wie Sie wollen. (Steht auf, setzt sich rechts.)

Julius (für sich). Ich wollt', ich wär' fort! — — Dieser Ohlerich — so ein Götterkerl — und ich thu' ihm das an! — — Aber diese verrückten Phantasien — bei der Schiffermusik. Immer seh' ich Liesbeth, die mir ein Stück Speck anbietet; — was für eine Schlechtigkeit; — und sie lächelt dazu. Und merkwürdig, wie viel Kopfschmerzen ich habe und wie wenig Gemüth: ob Eine Liesbeth oder Amalie heißt, ob sie hübsch oder häßlich ist, das ist mir ganz gleich. — O Liesbeth Ohlerich, Du liegst hinter mir ... (Richtet sich halb auf, stützt den Kopf auf den Arm; seufzt tief.) Ach, läg' nur Alles hinter mir, was mich noch bedrückt! (Halblaut.) Ach, Johann Ohlerich!

Ohlerich (steht auf, kommt zu ihm). Was wollen Sie von mir, Herr Julius?

(Albrecht hört auf, zu spielen.)

Julius (etwas verwirrt). Verzeihen Sie; ich hab' Sie nich gerufen. — — Aber Sie sind — — Johann Ohlerich! (greift wieder nach seiner Hand) erlauben Sie ... Dies war ein guter Gedanke! bei Gott! Es war ein guter, nützlicher Gedanke! — — Aber ich muß mich aussprechen, (die Hand an der Brust) denn hier drückt es mich; nur noch hier — (die Hand am Kopf) das ist wieder gut!

Ohlerich. Na, Sie sind fix wieder da —

Julius (steht langsam auf, ein gelindes Schwanken überwindend; setzt sich auf eines der aufrecht hingestellten Fässer). Sehen Sie, es geht! — Wenn Sie sich nun auch niedersetzen wollten ... (Ohlerich nickt; setzt sich.) Ich muß Ihnen was sagen, Johann Ohlerich! — Sehen Sie, ich will doch noch zur Marine gehn; (ein neues Schwanken überwindend) ich glaub', ich hab' Talent dazu —

Ohlerich. Na, und Sie sind ja noch 'n junger Kerl; — und was für'n Kerl!

Julius. Aber wenn ich nun so ein neues Leben anfangen will, Johann Ohlerich, so möcht' ich doch erst, mit den

Landratten-Wissenschaften, auch meine alten Dummheiten über Bord werfen... Glauben Sie nich, daß ich das in der Seekrankheit, im Katzenjammer sage; ja, einen moralischen Katzenjammer hab' ich — aber sonst bin ich wieder gesund. (In allmählich wachsender Bewegung.) Sehen Sie — ich halte Sie für einen ganzen Kerl — und ich hab' alle, alle Achtung vor Ihnen —

Ohlerich (in äußerer Ruhe). Nu, das kann mich freuen!

Julius. Ich — ich möchte gern, daß wir uns wie gute Freunde verständigten, Johann Ohlerich! Ich hab' Ihrer Frau — — (Stockt.) Ich hab' Ihrer Frau mehr dummes Zeug gesagt, als ich verantworten kann. Ich bin (die Achseln zuckend) ein verliebter Kerl! Und so kam die ganze verwünschte Geschichte... Aber jetzt bin ich kurirt!

Ohlerich (ihm etwas ungläubig ins Gesicht sehend) Na, dann is 's ja gut.

(Albrecht lächelt zufrieden; geht leise nach rückwärts, verschwindet hinter dem Segel nach links.)

Julius. Sie glauben mir nich. Ich weiß wol, was Sie denken: Wenn der Geist auch willig ist, das Fleisch ist schwach! Sie haben mich in dieses „Rettungsboot" gelootst, und es hat auch gerettet; — aber wer einmal toll war, der kann wieder toll werden — — nich wahr, das haben Sie eben gedacht!

Zehnter Auftritt.

Ohlerich, Julius. Albrecht und **Liesbeth** (kommen hinter dem Segel von links; sie bleibt neben dem Mastbaum, bewegt horchend, stehen, von Ohlerich und Julius unbemerkt).

Ohlerich (unwillkürlich lächelnd, herzlich). Wär' wol möglich, Julius — — Herr Julius, sollt' ich sagen —

Julius. Nein, sagen Sie „Julius"! (Schüchtern, verschämt.) Und lassen Sie mich Ihnen einen Vorschlag machen — — (Steht auf. In immer wachsender Bewegung.) Johann Ohlerich! — Jeder Mensch hat doch irgend einen Ehrenpunkt, von dem läßt er nich! Wenn ich zum Beispiel

— mit Jemand verbrüdert bin, wenn ich ihm Freundschaft zugeschworen habe, so kann ich doch unmöglich mit seiner Frau — — das sehen Sie ein. — Ich hab' mit Ihnen Porter und Ale getrunken; doch das bedeut't noch nich viel. Ich hab' alle Achtung und — Bewunderung vor Ihnen... Wenn's nur auf mich ankäme, so würd' ich das nächste beste Glas nehmen und mit Ihnen Brüderschaft trinken; — und dann sollte kein Mensch auf der Welt mehr sagen, Johann Ohlerich, daß ich mich jemals wieder an Ihrem Lebensglück vergreifen könnte!

Ohlerich (nicht gerührt; steht auf; eine Weile stumm). Julius! Ich hab' doch nich Unrecht gehabt! — Sehn Sie, 'n richtiger Seemann muß aus Einem Stück Rundholz errathen können, wie groß das ganze Schiff is. So hab' ich mir heut Abend gleich gedacht, Sie sind ein Kerl auf'm Platz! und mit dem muß ich in Frieden fertig werden! — Jung', Jung', komm her; warum sollen wir nich Brüderschaft trinken — und warum soll ich mir nich den letzten Span, der da drinnen noch steckt, aus dem Herzen reißen! (Zieht ihn an seine Brust, küßt ihn.)

Julius (fast schluchzend). Johann Ohlerich! — Bruder!

Liesbeth (schluchzt vor Rührung auf). Ach, mein Gott! — So is's gut!

Ohlerich (wendet sich betroffen um). Was is das? — — Liesbeth!

Liesbeth (blickt ihn an, nickt, in Thränen lächelnd; bedeckt sich dann das Gesicht).

Albrecht (tritt vor). Ja, Deine liebe Frau. Nimm's nich übel; die hatt' ich auch 'n bischen mitgenommen; schaden wird's ja nich, dacht' ich. (Mit seiner Bewegung kämpfend.) Nämlich es war mir so zu Muth, als wenn's vielleicht gut wär' — und sie that mir leid - weil sie — — und sie weiß nu Allens! (Tritt wieder zurück nach links.)

Liesbeth. Ohlerich! Was für ein Mensch Du bist! Das hätt' kein andrer Mensch auf der Welt so gemacht wie Du! (Nähert sich ihm langsam. Mit gedämpfter Stimme.) Ach, wenn Du mich noch 'n bischen lieb haben könnt'st — und wenn Du mir verzeihn könnt'st —

Ohlerich (einen Seitenblick auf Julius werfend). Na, und wie steht's mit Dir?

Liesbeth (verschämt, zerknirscht). Johann Ohlerich, Dir leb' ich! Johann Ohlerich, Dir sterb' ich!

Julius (gerührt zustimmend). Ja, ja!

Ohlerich (schließt sie plötzlich in seine Arme). Liesbeth! — — Gott verdamm' mich, ich bin wieder glücklich!

Julius (während der Vorhang fällt). Mein Vater wird sich wundern, daß ich heut' nich nach Hause komme!

Ende.